... de la Société pour l'étude des Langues romanes

UN

ALMANACH

AU Xme SIÈCLE

PAR

A. BOUCHERIE
Professeur au Lycée de Montpellier

MONTPELLIER
BUREAU DES PUBLICATIONS
DE LA SOCIÉTÉ
POUR L'ÉTUDE DES LANGUES ROMANES

PARIS
A LA LIBRAIRIE DE A. FRANCK
(VIEWEG, propriétaire)
67, RUE RICHELIEU, 67

M DCCC LXXII

Publications de la Société pour l'étude des Langues romanes

UN

ALMANACH

AU Xme SIÈCLE

PAR

A. BOUCHERIE

Professeur au Lycée de Montpellier

MONTPELLIER
AU BUREAU DES PUBLICATIONS
DE LA SOCIÉTÉ
POUR L'ÉTUDE DES LANGUES ROMANES

PARIS
A LA LIBRAIRIE DE A. FRANCK
(VIEWEG, propriétaire)
67, RUE RICHELIEU, 67

M DCCC LXXII

Montpellier, Imprimerie centrale du Midi

(Ancienne maison Gras. — RICATEAU, HAMELIN et Cie)

UN ALMANACH

AU Xme SIÈCLE

I

Sur le recto du premier feuillet du ms. 301 de la Bibliothèque de l'École de médecine de Montpellier, figure un court almanach, ou plutôt un préambule d'almanach, où se trouvent des prédictions relatives au temps et aux événements politiques.

On sait que cette habitude bizarre ne s'est pas encore perdue, et qu'on rencontre des almanachs *ad usum... populi,* où les variations de la politique et celles de l'atmosphère sont prédites avec soin, sinon avec clarté; car, dans bien des campagnes, un almanach n'a de valeur qu'autant qu'il indique, non-seulement le temps de l'année, mais encore le temps de chaque jour.

Nostradamus, qui publia des almanachs de ce genre, de 1550 à 1567, eut un très-grand succès. On aurait pu croire qu'il était l'inventeur de ce système de prédictions relatives à la politique et à la météorologie; on verra, en lisant cette courte notice, qu'il n'a fait que remettre en vigueur une tradition plus ancienne.

N'ayant ni les moyens ni le désir de traiter la question certainement intéressante de l'origine des almanachs, je me suis contenté d'étudier ce document au point de vue philologique.

Je donne d'abord le texte et la traduction, puis le commentaire.

II

(Ms. 301, f° 1, r°)

A. 1. — Si die dominico. fuerint. kal. jan. hiems calidus. vernum. humidum. æstas. et autumnus. ventosi annone bone. abundantia peccorum. Mel suffitienter. Vindemie. ubertas. et leguminum. fructus. ortolani parebunt. Juvenes. interibunt. bella delectabiliter. Regnum[1]. disceptatio. Pugne erunt et latrocinia magna et aliquid novi. audietur. aut ex regibus. aut ex principibus et pax fiet.

A. 2. — Si die secundo fuerint kal. jan. facit hiems communem vernum et estatem teperatum. autumnum diluviosum. formidines erunt. et infirmitates. Turpiores morientur. bella delectabiliter surgent Mutationes militum. et principum. Altercaciones erunt et multe. matrone in luctu sedebunt. et glaties magne erunt. et reges interibunt ferro et mortalitas magna erit et vindemia non bona et apes morientur.

A. 3. — Si die tertio fuerint kal. jan. facit hiems magnum. et nimium. et diluviosum. Vernum et estatem. humidum. autumnum siccum. Frumenti karitatem. et peccorum interitum. Repentini. in orbem regnabunt Navigantibus periculum Mel superabundavit lini erit karitas incendia multa. Pestilentia multa nimia Legumina precipua fructus ortolaris parebit. Olleum. superabundabit Turbatio aliqua erit. romanis et mulieres morientur. et reges peribunt. et vindemie labor erit.

A. 4. — Si die. IIII. fuerint kal. jan. erit annone vilitas Vindemie habundantia. Pomorum inanitas. adquisitas hominum bonus negotium habundabit[2]. Virorum interitus. hiems kalidus et asperus. Vernum malum. et humidum autumnum. temperatum. Pericula ferri[3] olei copia Ventris. et precordiarum solatio[4]. Mulieres morientur Locis diversis famis erit et aliquid novi audietur. æstas bona erit. et juvenes morientur et mel non erit[5].

A. 5. — Si die. V. fuerint kal. jan. erit frumenti et olei et pomorum vilitas. et legumina bone erunt anone vitiabuntur lini erit karitas. Potionum. interitus pluvia multa. et flumina

---

[1] Faut-il lire : *regum* ou *regnorum?*

[2] Je n'ai pas compris cette phrase. Le mot le plus embarrassant est *adquisitas.*

[3] *Farris?*

[4] Dans *solatio* le groupe *at* est douteux.

[5] Le copiste avait d'abord écrit *eret.* Il s'est corrigé lui-même.

foras exibunt. Hiems temperatum. Vernum ventosum. autumnum bonum et estas bona. et pax erit.

A. 6.—Si die. VI. fuerint kal. jan. facit hiems tempestivum Vernum bonum Estatem malum autumnum siccum frumentum et vindemiam habundabit et oleum lupitudo oculorum gregnabit Infantes interibunt bella et deliciosa. militum Motus orbis terrarum. (**F°105, v°**) Et pereclitaciones regum et peregrinationes ex primatis erunt et magni rumores crica (*sic*) principes erunt et oves et opes morientur.

A. 7. — Si die. VII. fuerint kal. jan. facit hiems ventosum. Vernum. magnum. Estatem varium autumnum siccum et asiduis tempestatibus vexabitur Frumenti concussio set annona commoda. Peccorum interitus lini karitas Terciane febre dominabuntur et variis langoribus homines affligentur et mortalitas erit maxime senes morientur.

TRADUCTION

A. 1. — Si les kalendes de janvier tombent un dimanche, hiver chaud, printemps humide, été et automne venteux ; grains de bonne qualité ; abondance de bétail ; miel en suffisance ; belle récolte en vin et en légumes, les jardins donneront beaucoup. Mortalité sur les jeunes gens. Guerres en quantité. Querelles entre les rois. Il y aura des batailles et de grands brigandages, et on apprendra du nouveau, soit par le fait des rois, soit par le fait des princes, et la paix reviendra.

A. 2. — Si les kalendes de janvier tombent le deuxième jour, il fait [1] un hiver ordinaire, un printemps et un été tempérés, un automne extrêmement pluvieux. Il y aura des épouvantes et des maladies. Mortalité sur les gens laids. Des guerres éclateront en grand nombre. On verra souvent les soldats en révolte et les grands en lutte. Les dames seront dans le deuil. Et il y aura de grands désastres, et les rois périront par le fer,

---

[1] J'ai cru pouvoir hasarder cette expression, pour traduire plus fidèlement le latin, quoiqu'on ne dise bien que : « Il fait froid, il fait chaud. »

et la mortalité sera grande, et la vendange ne sera pas bonne, et les abeilles mourront.

A. 3. — Si les kalendes de janvier tombent le troisième jour, il fait un hiver long et rigoureux et un printemps très-pluvieux et un été humide, un automne sec ; les blés sont chers ; épidémie sur le bétail ; fréquentes bourrasques (?) ; danger pour ceux qui naviguent ; il y aura surabondance de miel ; le lin coûtera cher ; beaucoup d'incendies ; pestes fréquentes, meurtrières : il y aura surtout des légumes ; les jardins donneront beaucoup ; il y aura surabondance d'huile ; il y aura certains troubles chez les Romains, et des femmes mourront, et des rois périront, et on aura de la peine pour la vendange.

A. 4. — Si les kalendes de janvier tombent le quatrième jour, les grains seront pour rien, la vendange abondante ; il n'y aura pas de fruits... .... Mortalité parmi les hommes ; hiver chaud et rude ; mauvais printemps et humide ; automne tempéré (?) ; craintes pour le blé ; huile en abondance ; soulagement pour l'estomac et les entrailles ; des femmes mourront ; il y aura disette en divers lieux, et on apprendra du nouveau ; l'été sera bon, et des jeunes gens mourront, et il n'y aura pas de miel.

A. 5. — Si les kalendes de janvier tombent le cinquième jour, le blé, l'huile et les fruits seront pour rien, et les légumes seront bons ; les grains seront avariés ; le lin coûtera cher ; il n'y aura pas de quoi boire (?) ; pluies abondantes, et les rivières déborderont ; hiver tempéré ; printemps venteux ; bon automne et bon été, et on aura la paix.

A. 6. — Si les kalendes de janvier tombent le sixième jour, il fait un hiver favorable, un bon printemps, un mauvais été, un automne sec ; il y aura du blé et de la vendange en abondance ainsi que de l'huile ; les ophthalmies seront nombreuses ; des enfants périront ; guerres et....... de soldats ; tremblement de terre. Et les rois seront en danger, et les grands erront en divers lieux, et on fera courir des bruits fâcheux sur le compte des princes, et les brebis et les abeilles mourront.

A. 7. — Si les kalendes de janvier tombent le septième jour, il fait un hiver venteux , un printemps désagréable (?), un été variable, un automne sec et qui sera troublé par des tempêtes continuelles. Déchet (?) sur les blés, mais les grains seront bons. Epidémie sur le bétail. Le lin sera cher. Les fièvres tierces domineront, et les hommes seront affligés de maladies diverses, et il y aura grande mortalité, surtout sur les vieillards.

III

Ce texte n'est pas de la même main que le reste du manuscrit; il est moins ancien. Il n'offre pas de date ni de particularité chronologique précise, ou même approximative, qui permettent de lui assigner une époque bien déterminée.

On remarque cependant qu'il y est fait mention des Romains.

S'agit-il des Romains du temps de l'Empire ou des Romains de la Papauté ? Rien ne l'indique. Mais une observation permet de rejeter la première alternative : c'est qu'en fait de personnages politiques, notre almanach ne parle que de rois et de grands, « reges et principes », et non d'empereurs ou de césars. Quant à remonter aux Romains de la République ou même des premiers temps de l'Empire, cela est impossible, puisque la locution *die dominico*, « dimanche », par laquelle il débute, nous renvoie à l'époque chrétienne.

La date de la composition ne peut donc se retrouver ; quant à la transcription, elle est très-certainement du X° siècle, à en juger par l'écriture.

Le ms. où il a été inséré, en deux fragments très-courts et d'inégale étendue (f° 1, r° et f° 105, v°), est occupé par un recueil de canons pénitentiaux en trois livres, que Luc d'Achery a reproduit dans le tome XI de son *Spicilegium*. Bouhier, à qui il a appartenu, après de Thou, le dit du VII° ou VIII° siècle [1] ; mais il est plus probablement du IX°.

---

[1] Voir son *Catalogue manuscrit*, n° 19 (Bibliothèque de l'Ecole de méd. de Montpellier), p. 47, al. 20.

Il est assez difficile d'en déterminer l'origine. Cependant, parmi les rares indices de prononciation qui pourraient mettre sur la voie, j'en ai relevé un qui n'est pas sans valeur : c'est la forme *dimas*, pour *decimas*, « les dîmes » : Si quis autem voluerit retinere *dimas* (f° 104, v°). Elle se trouve dans un de ces textes de remplissage que les possesseurs de manuscrits se plaisaient à intercaler dans les pages ou parties de page laissées en blanc. L'italien, le catalan, l'espagnol et le portugais, ayant conservé la forme latine *decima,* et le français seul l'ayant abrégée en *disme,* que l'on prononçait comme aujourd'hui *dîme,* il est permis de supposer que ce ms. vient d'une province de langue d'oïl.

Du reste il n'importe guère, pour la valeur de ce document, qu'il ait été écrit en France plutôt que dans un autre des pays de langue romane, puisque les faits de syntaxe qu'on y peut relever, et qui sont évidemment dus à l'influence du langage populaire, sont communs à toutes les langues néolatines.

Phonétique

1° Voyelles

Æ pour *e:* pas d'exemple.

E pour *œ:* fréquent : — *annon*e *bon*e (*a.* 1), etc.

Arum pour *orum:* — *precordi*arum pour *præcordiorum* (*a.* 4).

Orum pour *arum :* pas d'exemple.

O pour *u:* — *ortolani* (*a.* 1), *orto*laris (*a.* 3), pour *hortulani, hortularis.*

U pour *o:* pas d'exemple.

I pour *u :* pas d'exemple.

U pour *i:* — *lupitudo* pour *lippitudo* (*a.* 6). Voir p. 13.

2° Consonnes

B pour *v :* pas d'exemple.

V pour *b:* — *mel superabundavit* pour *superabundabit* (*a.* 3).

C pour *cc:* pas d'exemple.

CC pour *c* : — *peccorum* pour *pecorum* (a. 3 et a. 7).

G prosthétique : — ᴳ*regnabit* pour *regnabit* (a. 6). Voir p. 13.

H prosthétique : — ᴴ*abundantia* (a. 3), ᴴ*abundabit* (a. 4 et a. 6).

G pour *gu*, devant *o* : — *langoribus* (a. 7).

Gu pour *g*, devant *o* : pas d'exemple.

H initial supprimé : — *ortolani* (a. 1), *ortolaris* (a. 3), pour *hortulani, hortularis*.

K pour *c* devant *a* : — ᴷ*aritas* (a. 3, a. 5 et a. 7), ᴷ*alidus* (a. 4).

N pour *nn* : — ᴺ*one* pour *annonœ* (a. 5).

NN pour *n* : pas d'exemple.

R (métathèse de l') : — *crica* pour *circa* (a. 6).

S pour *ss* : — *asiduis* pour *assiduis* (a. 7).

SS pour *s* : pas d'exemple.

T pour *d* final, devant une voyelle ; ˢᵉᵀ *annona* (a. 7).

D pour *t* final : pas d'exemple.

GRAMMAIRE

Cas

Accusatif en *am* substitué au nominatif en *a* : — *vindemia*ᴹ *habundabit* (a. 6).

Accusatif en *em* substitué à l'ablatif en *e* : *repentini in orbe*ᴹ *regnabunt* (a. 3).

Genres

Le masculin est mis plusieurs fois pour le féminin :

Die dominico (a. 1). — *Hiems calidus* (a. 1), *hiems magnum* (a. 3), etc... — *Estatem teperatum* (a. 2), *humidum* (a. 3), *malum* (a. 6).

Dans le premier exemple on s'attendait à voir *die dominica*, parce que beaucoup d'autres textes, regardés comme corrects, donnent plutôt le féminin à *dies* ainsi employé. En réalité, on était libre de choisir le masculin ou le féminin quand ce mot était au singulier, le masculin n'étant de rigueur qu'au pluriel. Dans le cas présent, où l'on compte les jours de la semaine, où l'on attribue à chaque jour désigné sa vraie durée, et non une durée indéterminée, l'emploi du masculin est plus correct ; car *dies* au singulier ne prend bien le féminin qu'autant qu'il indique la durée d'une manière vague : *quadam die* et non *quodam die*. Il est probable, cependant, que le copiste ou l'auteur n'a pas fait toutes ces réflexions, et qu'il s'est contenté de se conformer à l'usage populaire, qui, au moins en France et en Espagne, préférait *dies dominicus* à *dies dominica,* comme on doit le conjecturer d'après l'accord de nos anciens textes et des patois actuels, qui, presque tous, donnent le masculin au mot qui s'en est formé [1].

Hiems et *œstas* étaient féminins dans le latin classique. La substitution du masculin est due probablement à l'influence du langage populaire, qui a donné ce genre au nom des saisons. Il faut observer aussi que *œstas* est conservé deux fois avec son vrai genre : *estas bona* (*a.* 4 et *a.* 5).

Le neutre et le masculin, le neutre et le féminin, sont confondus deux fois :

1° *Autumnum temperatum* (*a.* 4). *bonum* (*a.* 5). — *Hiems temperatum* (*a.* 5) [2]. Il faut sous-entendre *erit* dans chaque exemple.

2° *Legumina bone erunt* pour *bona* (*a.* 5). — *Precordiarum* pour *præcordiorum* (*a.* 4).

Ces incorrections sont problablement dues à l'influence du parler populaire, qui, au singulier, confondait le masculin et le neutre, et, au pluriel, le neutre et le féminin. Cette dernière confusion, celle du neutre et du féminin, provenait de la ressemblance de flexion entre le neutre pluriel en *a* et le féminin singulier, également en *a*: fausse analogie, qui explique le changement de genre suivant le changement de nombre dans les mots *délice, orgue,* — masculins au singulier, parce que la

[1] Exceptions : en italien, *domenica,* fém.; dans le patois de Genève, *une dimenche ;* dans le patois bressan, *la dimenchi.*

[2] Nous avons déjà remarqué que *hiems* était masculin pour le copiste.

terminaison neutre de leurs primitifs latins *delicium, organum,*
se confondait avec la terminaison de l'accusatif masculin ; —
féminins au pluriel, parce que la terminaison *a* du pluriel
neutre des mots latins *delicia, organa,* les faisait prendre pour
des noms féminins.

On trouve fréquemment des exemples analogues dans le
latin mérovingien, tels que *pecoras, vestimentas,* etc. (Voyez
Brachet, *Grammaire historique de la langue française,* p. 157.)
Que de fois j'ai relevé, dans les thèmes de mes élèves, des bé-
vues du même genre : *sumpsit arm*AS, « il prit ses armes» !

Place des mots

Adjectif. — L'adjectif, employé comme attribut, se met toujours après le nom auquel il se rapporte : «Hiems [erit] calidus,
— vernum [erit] humidum, — æstas et automnus [erunt] boni,
etc. », et non : « Calidus [erit] hiems, humidum [erit] vernum,
boni [erunt] æstas et automnus. »

Il se met soit avant, soit après le nom, plus souvent après,
quand il n'est pas pleinement attribut, c'est-à-dire quand il
figure incidemment dans la proposition : «1° (après le nom) Fructus ortolani parebunt, — Pugne erunt et latrocinia magna, —
fructus ortolaris parebit, — Si die dominico........ si die secundo.... si die tertio fuerint, — Et glaties magne erunt. »
Dans cet exemple, *magne* n'est pas pleinement attribut, car le
sens est : « Il y aura de grands désastres », et non « Les désastres seront grands »; — « 2° (avant le nom) asiduis tempestatibus vexabitur, — Terciane febre dominabuntur, — Variis langoribus homines affligentur. »

Sujet. — Le sujet se met toujours le premier, et le verbe le
dernier: «Fructus ortolani parebunt, — Juvenes interibunt, —
Aliquid novi audietur. »

Esse fait exception et se place indifféremment avant ou
après : « 1° (après) Pugne erunt» ; — «2° (avant) Si die dominico
fuerint kalendæ. »

Lexique

Formes et acceptions rares ou nouvelles

ASPERUS (*hiems*) (a. 4) pour *asper.* — Forme entièrement nouvelle.

CONCUSSIO *frumenti* (a. 7). — *Concussio* veut dire « secousse ». Je ne vois pas trop comment il a pu être joint à *frumenti*. Est-ce une acception nouvelle ? Faut-il y voir une faute de transcription ?

DELECTABILITER (*bella*) (a. 1). *Bella* DELECTABILITER *surgent* (a. 2). « Il y aura *beaucoup* de guerres, *Beaucoup* de guerres éclateront ». — Acception nouvelle. Les lexiques ne donnent que le sens de « agréablement ».

C'est par la même analogie qu'en grec ἐπιεικῶς signifie en même temps « avec douceur » et « en abondance ».

DELICIOSA (*bella et militum*) (a. 6), « guerres et *méfaits* (?) des soldats ». — Je suppose que le copiste a mal lu ou mal écrit, et que la vraie leçon est *delicuosa*. Ce mot, il est vrai, ne se trouve nulle part, mais Ducange donne *delicuum* avec le sens de *delictum*, πταῖσμα, échec ou faute commise. On pourrait encore lire *deliquiosa*, que l'on dériverait de *deliquium*, manque, perte. Dans ce cas il faudrait peut-être traduire par « *pertes* éprouvées par les soldats », ou par « *défections* des soldats », comme ont traduit *deliquium solis* par « éclipse de soleil ».

DILUVIOSUM (*facit autumnum*) (a. 2). *Facit hiems* DILUVIOSUM (a. 3). « Il fait un automne, un hiver extrêmement pluvieux. » — Mot entièrement nouveau et très-régulièrement formé de *diluvies*, comme *speciosus* de *species*.

EX *primatis peregrationes* (a. 6), pour *primatum peregrinationes.* — Acception nouvelle. Dans le bas latin, c'est d'ordinaire la préposition *de*, suivie de l'ablatif ou de l'accusatif, qui remplace le génitif de possession.

FACIT *hiems, vernum, estatem....* « Il fait un hiver, un printemps, un été froids, etc. ». De même dans Grégoire de Tours : *Gravem eo anno hiemem fecit* (Bibl. nat., ms. 17,655, fº 44, rº).

— C'est un pur romanisme, comme le prouvent les locutions actuelles « Il fait chaud, il fait du vent, etc. »

FAMIS pour *fames* (a. 4).

FEBRE *(terciane) dominabuntur* (a. 7). — Cette forme, qui suppose le nominatif singulier *febra*, ne se trouve pas dans Ducange. C'est une des créations de la syntaxe populaire, qui ramenait tous les mots féminins au type commun de la première déclinaison en *a*. Voir plus loin *Primatis*.

GLATIES *(matrone in luctu sedebunt et.... magne erunt)* (a. 2). — *Glacies* n'ayant ici aucun sens, il est probable que *glaties* est pour *clades*, avec le sens de « désastre ». Pour le changement de *cl* en *gl*, comparez GLADIS « pestilentia » ap. Diez, *Altr. Glossare*, p. 49.

GREGNABIT (a. 6) pour *regnabit*. — J'ai relevé un exemple analogue dans le ms. n° 61 (XIe siècle) de la biblioth. de Leyde, dit ms. de Vossius, f° 11, r° : GREgnariolus pour *regariolus* (roitelet).

C'est de même, par la prosthèse du *g* devant l'*r*, que *ranunculus* a formé GRenouille.

HIEMS est traité comme mot invariable : *facit hiems communem* (a. 2), *facit hiems magnum* (a. 3), *facit hiems tempestivum* (a. 5).

LUPITUDO *oculorum* (a. 6), pour *lippitudo*. — J'ai déjà eu occasion (*Cinq Form. rhythmées et assonancées du VIIe siècle*, p. 32) de signaler et d'expliquer la tendance qu'avaient nos ancêtres à assimiler l'*u* et l'*i*. J'en ai donné des preuves certaines pour le XIIe siècle. Il est permis de reporter cette habitude encore plus haut, et de supposer que de tout temps l'organe gaulois a tendu à substituer le son *ü* au son *ou* des anciens Latins et des Italiens d'aujourd'hui.

MAGNUM *vernum.... facit* (a. 6). — MAGNI *rumores erunt* (a. 6). — *Facit hiems* MAGNUM *et nimium* (a. 3). — *Magnus* semble avoir dans ces différents passages le sens péjoratif de *gravis*, dont il semble aussi tenir la place. Du moins *gravis* ne figure-t-il jamais dans ce texte, bien que le sens qu'il représente y trouve place plus d'une fois.

MUTATIONES *militum et principum* (a. 2), « Révolutions opé-
rées par les soldats et par les grands. » — Acception nouvelle. *Mutatio*, employé avec ce sens, régit toujours un nom de
chose : *Mutatio rerum*, « Révolution politique. »

ORTOLARIS (a. 3) pour *hortularis*. — Les lexiques de la bonne
latinité ne donnent que *hortualis, hortensis* et *hortulanus*. Ducange ne cite que le neutre pluriel, *hortularia :* olera, legumina,
et alia id genus quæ in hortis nascuntur.

Encore cet exemple unique, tiré d'une charte du XIIᵉ siècle,
est-il postérieur de deux cents ans au nôtre.

PERICLITACIONES *regum* (a. 6), « Les rois seront en danger. »
— Acception nouvelle. Les lexiques ne donnent à *periclitatio*
que le sens de « essai, épreuve. »

PRECORDIARUM (a. 4) pour *præcordiorum*. — Forme nouvelle.
J'ai déjà cité ce mot comme preuve de la tendance qu'avaient
ceux qui écrivaient le mauvais latin des premiers temps du
moyen âge à confondre le féminin avec le pluriel neutre.

PRIMATIS pour *primatibus* (a. 6). — J'ai eu occasion (*Revue
des langues romanes*, janvier 1871, p. 60) de constater cette
loi de déformation, qui ramenait toutes les désinences des
noms ou adjectifs masculins à un type unique, celui de la
deuxième déclinaison en *us*.

Ducange cite un seul exemple de *primatus*, daté de 1086.

REPENTINI *in orbem regnabunt navigantibus periculum* (a. 3).—
Il est probable qu'il s'agit des vents qui soufflent *brusquement*.
Venti serait donc sous-entendu. Conjecture plausible, et qui
acquiert plus de force si l'on rapproche *repentini* de l'adjectif
annotini, qui se trouve dans le ms. 308 (IXᵉ siècle) de Montpellier, employé isolément avec le sens de « vents étésiens. »

SOLATIO (*Olei copia ventris et precordiarum* (a. 4). — Faut-il
lire *Olei copia* [erit] *solatio ventris et precordiarum,* — litt.
«Abondance d'huile sera *pour le soulagement* de l'estomac et des
entrailles », en regardant *solatio* comme le datif de *solatium* ?
Ou bien doit-on faire de *solatio* le nominatif de *solatio, onis*,
qui serait l'attribut de *copia olei* et non le complément de *erit*?
Dans ce cas nous aurions une forme nouvelle, faisant double

emploi avec *solatium,* forme qu'on peut déduire du composé *consolatio.*

TEMPESTIVUM (*Facit hiems*) (a. 6). — Quel est le vrai sens de cette expression ? Si elle appartenait à un texte correct, on ne serait pas embarrassé, et on traduirait : « Il fait un hiver *favorable* », *tempestivus* ayant, dans la bonne latinité, le sens de « opportun, favorable. » Mais, pour traduire ce mauvais latin tout imprégné de romanismes, il est plus sûr de puiser les éléments de comparaison dans le recueil de Ducange.

On y trouve, en effet, non pas l'adjectif, mais, ce qui revient au même, l'adverbe *tempestive* avec le sens de *impetuose, tempestatis instar.* Les deux exemples cités, quoique moins anciens que le nôtre — ils sont de 1364 et de 1386 — autorisent la traduction que j'ai préférée, « hiver orageux. »

A. BOUCHERIE.

Il est intéressant de rapprocher ce document des *Jours périlloux* que M. P. Meyer a publiés dans le *Jahrbuch.* On y retrouvera la même tendance et des bizarreries analogues.

Je regrette de ne pouvoir indiquer, d'une manière précise, le volume où figure le passage auquel je renvoie.

Je n'ai entre les mains que quelques feuilles de cette collection.

www.ingramcontent.com/pod-product-compliance
Lightning Source LLC
Chambersburg PA
CBHW061437170626
46811CB00005B/2308